늘, 벗을 그리다

늘, 벗을 그리다

초판 1쇄 발행 2024년 12월 27일

지은이 세종늘벗학교
펴낸이 이기봉
편집 좋은땅 편집팀
펴낸곳 도서출판 좋은땅
주소 서울특별시 마포구 양화로12길 26 지월드빌딩 (서교동 395-7)
전화 02)374-8616~7
팩스 02)374-8614
이메일 gworldbook@naver.com
홈페이지 www.g-world.co.kr

ISBN 979-11-388-3839-9 (03810)

세종늘벗학교

늘, 벗을 그리다

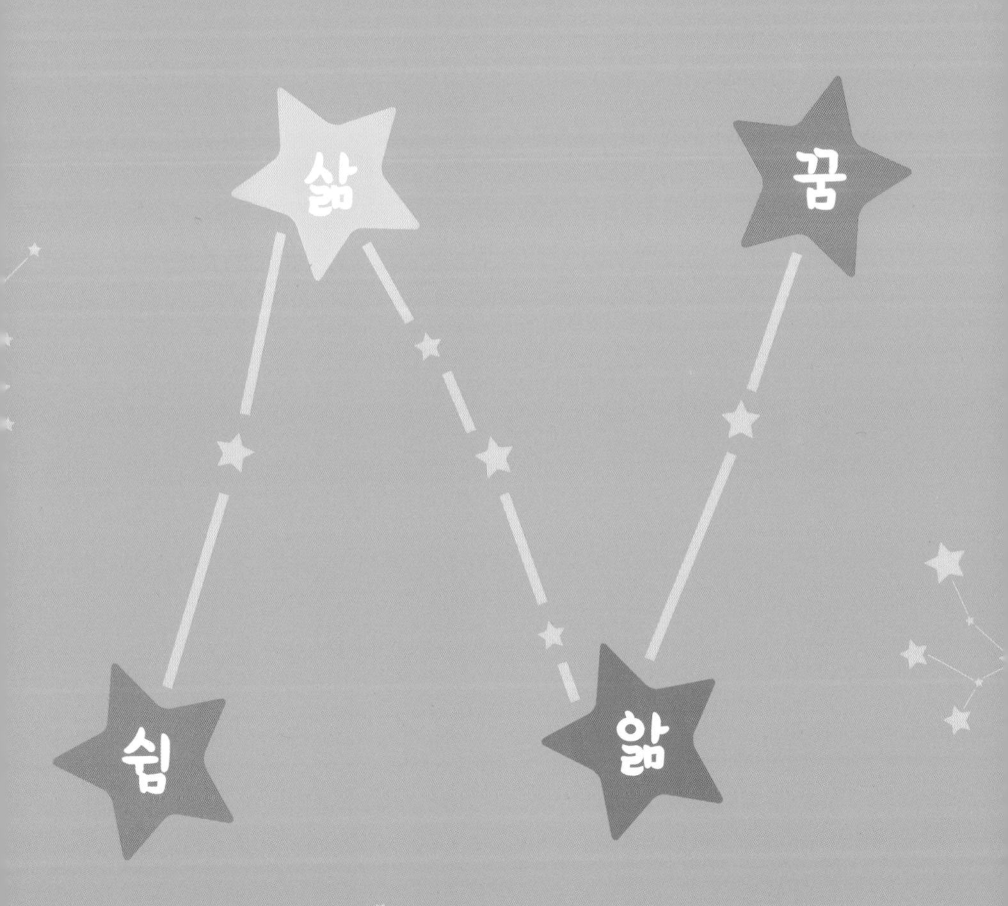

좋은땅

목차

늘벗을 그리다

나를 그리다

너를 그리다

행복을 그리다

늘벗을 그리다

우리는 함께 걷네 (늘벗학교 교가 가사 원본)

임진묵 선생님과 늘벗 학교 학생들이 함께

서로 다른 우리 모여
하나 되어 걸어갈 때
시원한 바람 따스한 햇살
마음 안에 들어오네

함께 걸을 수 있어
서로의 속도 다르지만

숨 고르고 사랑하며
함께 배우는
소중한 나 아름다운 우리

참 좋은 너의 곁에 우리가
사랑하는 우리 안에 네가 있어
같이 내일을 열어 가네

(넘어져도) 괜찮아 (무너져도) 괜찮아

(실수해도) 괜찮아 (쉬어 가도) 괜찮아

(함께라서) 고마워 (곁에 있어) 고마워

(기다려 주어) 고마워 (늘벗이라) 고마워

우리는 함께 건네

우리는 함께 건네

우리는 사랑하네

늘벗학교

중1반과 중2반 아이들

우정을 쌓는,

각자의 매력이 있는,

자유롭고 모두를 신경 써 주는,

친해질 수 있는 기회를 많이 주는,

여러 색이 잘 어우러져 새로운 색이 되는,

자유롭고 각자의 꿈을 찾아가는 여행,

숲 속에 있을 법한,

서로 도우며 날아오르려 떨어지는 나뭇잎,

이곳에 있으면 너무 빨리 시간이 가지만,

그 시간만큼은 가장 아름다운 우리는 봄과 같은,

하고 싶은 일을 할 수 있는 자유,

나를 감싸 안아 주는 바다

성장여행

중3 김태희

시작이 반이지만
시작도 안 하고 싶다

귤 따기도, 카트도
너무 귀찮았지만

이왕 시작한 거
열심히 했다

우리는

교사 김영준

아이들이
삶의 어려움을 견딜 수 있는 힘을 기를 수 있기를
바라는 마음으로

지식보다
지혜를 가르치려
쉼 없이 고민 중

아이들이
삶을 개척하는 힘을 키운다는
확신으로
보람된 마음으로

우리의 늘벗학교는
지금도 진행 중

우리는

또 다른 인생

중3 여예담

아크에서의 나는 또 다른 인생 같다

왜냐하면 게임을 할 때면

난 또 다른 세계에 온

느낌이 들기 때문이다

다양한 지역을 탐구하고

여러 생물들을 만나는 모험이

뭔가 내가 진짜 그 세계에 있는

느낌이 나기 때문이다

희망의 성장

중2 유은혁

작은 희망이 있으면

아주 조금 희망이어도

찾아야 한다

좋은 사람이 있으면

좀 더 친해지면

닮아 간다

조금씩 더 희망이 생긴다

선생님

고3 김상헌

아름다운 꽃들 같은 선생님
마음씨도 아름다운 꽃들처럼
항상 밝고 친절하신 선생님

항상 우리 반 학생들에게
바람같이 시원하고 아름다운
꽃들처럼 밝고 친절하신 담임쌤

초코파이

고3 박세은

집에서 먹을 땐 그렇게 맛이 없더니
선생님께서 잘했다며 주신 초코파이는
왜 그렇게 맛있는지

겉으로 달달하지만 속은 푹신한 초코파이처럼

선생님들도
따뜻한 마음으로 차가운 위로를 해 주시는
알고 보면 누구보다 포근한
마음으로 안아 주고 계신

선생님 맘 같은
초코파이

나무

중3 이원준

여름이 오면 우리의 그늘이 되어 주는 나무

비가 오면 비를 피할 수 있게 만들어 주는 나무

나무를 보면 마음이 편해지고,

바람이 불면 나뭇잎 소리를 들으면 평온해진다

나무 위에 앉은 새, 나뭇잎이 떨어지면

계절은 추워지는 것을 알려 준다

나무는 우리를 도와주는 것 같다

영원

중3 서유진

사람들은 영원하자고 약속하지만
나는 영원이란 없다고 생각한다

사랑도 우정도
언젠가는 변하고 떠나가기 마련이다

영원히 내 곁에 있겠다고
영원히 네 곁에 있어 주겠다고
그런 상처받을 약속 따위는 하지 말자

기억

중3 이윤지

물 떨어지듯 떨어지는 별을 모아 보니
드넓은 밤하늘이 되었더라

커다란 지우개로 하늘을 지운대도
겨울, 낙엽 달린 나무처럼

자리에 남아 곁에 있어 주고 싶다

나를 그리다

나는 생각이 없다

중2 김상준

나는 밥을 먹어도 생각이 없다
왜냐하면 아무 생각이 없기 때문이다

나는 게임을 해도 생각이 없다
왜냐하면 아무 생각이 없기 때문이다

내가 아무 생각이 없는 이유는 외로워서이다
내가 외로운 이유는 친구가 없어서이다

친구가 생기고 싶다

게임

중2 최우혁

게임은 내 상징이다

게임은 꿈 같다

게임은 나에게

꿈을 가지게 해 줬기

때문이다

내 팔 폰

중2 김하준

폰은 나의 팔과 같다

떼려야 떼 놓을 수 없는 존재다

내 뇌 펜

중2 김하준

펜은 나의 뇌 같다

나의 생각을 어디에나 적을 수 있으니까

내 몸 갑

중2 김하준

내 몸은 갑옷 같다

나의 장기들을 지켜 주니까

티니핑

중2 정우림

귀엽다

예쁘다

젤리핑은 젤리 같다

우노

중2 정우림

머리가 좋아야 할 수 있는 게임

역시 우노는 실력이다

참고로 난 한 번도 안 짐

핸드폰

중2 정우림

도파민 팡팡

없으면 못 산다

내 눈은 안경

중2 김윤후

안경알의 색과 렌즈를

바꿀 때마다

세상이 바뀌어 보이고

알던 것조차 다르다

안경알을 바꿀 때마다

보던 것도 신비로워 보이고

즐겁다

김포동

중1 조예원

동글동글한 얼굴

매력적인 눈, 코, 입

머리부터 발끝까지

사랑스러운 너는

처음 본 날부터

나를 끌어들였어

나는 벌써부터 네가

떠날까 무서워

부디 나보다 오래

살아줘

만약 다음 생이란 게 있다면

중1 이나해

만약 다음 생이란 게 있다면

다음 생엔 더 많이 도전하겠습니다

걱정하지 않고 후회하지 않겠습니다

그리고 좀 더 열심히 살겠습니다

시간을 헛되게 쓰지 않고

더 많은 기회를 놓치지 않겠습니다

…

그러나 만약 진짜 다음 생이라는 게 있다 하면

의미 없는 시간은 놓고

가끔은 어린 애처럼 순수하게 놀겠습니다

앞으로의 일을 잊은 채

매 순간을 즐기며 살겠습니다

〈만약 내가 인생을 다시 산다면〉 패러디 시

절벽 아래의 우리

고3 신재서

색다른 길을 걷는 우리는

항상 걱정의 절벽에 서게 된다

이 길이 맞는 걸까? 가도 괜찮을까?

깊은 생각에 잠긴다

그러고는 다시 뒤로 돌아서게 된다

시간

중2 유은혁

시간이 지나간다

1초 지나면

그 1초는 과거가 되고

1분이 지나도 과거가 되고

시간은 짧으면서 긴 것이다

1일 뒤에는 미래고

1주일 뒤에도 미래고

어떤 사람은 미래가 더 길 수도 있고

어떤 사람은 과거가 더 길 수도 있다

시간이 지나면서

짧아지거나

길어지는 시간

시간이라는 것은

아무도 바꿀 수 없다

버스

중3 김윤진

제주도를 여행하며,

제주도를 구경하며,

늘 타고 있던 버스

창문 사이로 보이는 제주 풍경

창문 사이로 들어오는 햇살에

나는 또 다시 잠들어 버렸다

귤

중3 서유진

새콤달콤 맛있는 귤

노란 귤

동글동글 귤

노란 귤

말랑말랑 귤

노란 귤

감귤대첩

소서(小書)

지민의 자리 밑에 개나리꽃 같은
노란 귤이 떨어져 있다
정연 언니는 먹고 싶다며
지민에게 귤을 건네받는다

정연 언니는 개나리꽃 같은 노란 귤이
반쯤 터진 것 확인했고,
지민의 품으로 반쯤 터진
노란 귤이 던져진다

지민의 얼굴은 말랑한 귤과 다르게
딱딱하게 굳어진다

지민이가 던진 말랑말랑 귤이
애꿎은 서연 언니의 머리로
날아간다

'퍽!'

귤은 형체를 알 수 없게 되었다

내 눈 앞으로
완전히 터진 개나리꽃이 굴러온다

버스 안은 처참한 전장의 흔적이
남아 있다

통로에 노란 귤의 피와 살이 널브러져 있다
서연 언니의 머리카락에도 흔적이 가득하다

버스 안 감귤대첩의
병사들은 전사해 버린 귤을 무시한 채
배꼽이 빠져라 웃는다

귤은 비닐봉지 속에
포로로 잡혀 간다

정상

중3 여예담

이번에

한라산에 올랐다

목표는

정상까지 가는 것이다

하지만

쉽지 않았다

가면 갈수록

높아지는 경사

아파지는 다리

그래도

정상까지 간다는

목표 하나

만으로

정상까지
성공했다

정상은
구름 한 점 없이
맑았다

바다

중3 이윤지

넘어갈 수 있지만

나아갈 수 없는

끝도 없이

흐르고 파도치는

에메랄드 물결

노력의 성과

중2 유은혁

노력

재능을 넘는 노력

재능이 뛰어나도 노력이 더 밝다

노력은 언젠가 빛을 발한다

노력은 꿈을 이룬다

시간

중3 서유진

머물러 있는 시간은 없다
시간은 흘러가고 날 기다려 주지 않는다

멈춰 있는 인생도 없다
모든 것은 흘러가고
내 속도에 맞춰 주지 않는다

지금 이 시간, 이 순간도
다시는 돌아오지 않는다

모든 것들은 아무렇지 않게 스쳐 간다
모든 순간에 최선을 다할 이유다

여유

중3 서유진

바다를 보고

차를 마시고

그림을 그리는

그런 삶

가을

고2 한효림

뜨거운 여름하늘 아래 겨울의 숨소리가

섞일 때

유난히 맑은 하늘 속에 잠겨 젖은 너의

옷깃

투명한 빛을 투과하는 프리즘

일곱 빛깔 색으로 물들인 손끝으로 건네는 미소

나뭇잎이 붉게 적셔지고

약지에 베여 나온 쓰라린 핏자국 사이에

청춘의 열오름이 묻어 나온다

로봇트

고2 최선우

난 주호 옆에서 조잘조잘 말한다

주호는 로봇트다

가만히 서서 듣기만 하는 로봇트다

엄마에게

고2 이은체

언제나 내 옆에 있어 주는
내 소중한 엄마

싫을 때나 좋을 때나
나와 함께 있어 주는
나의 소중한 엄마

항상 이상한 노래를 부르지만
가끔은 엉뚱할 때도 있지만
그래도 내 소중한 엄마

엄마

고2 한효림

따뜻한 온기의 내음이

내 손을 타고 전해진다

그리운 고향이며

안식의 숨결이 부드럽게 닿는다

해질녘의 한편의 수채화는

나의 스케치를 물들인다

서율1

고2 이효선

1년 지기 내 친구
내가 장난을 치면
“와 어이가 없네?”
“뭐라는 거야?”

1년 지기 내 친구
기가 빨리면
티벳 여우 표정

1년 지기 내 친구
운동하자 말하면
“?”
극혐표정

재밌는 내 친구
항상 행복하자

최선우

고2 이주호

종이가 생기면

별을 그린다

시간이 생기면

노래를 부른다

자리가 생기면

종이를 접는다

누군가 물어보면

강하게 대답한다

“스펙타클하게 살아야지”

우리아빠

고2 강여경

사투리 안 쓴다면서
누구보다 사투리가 진한 우리아빠

가족들 의견 들어주느라
팔랑귀가 된 우리아빠

매일 운동하면서
나날이 배가 커지는 우리아빠

나보고 보배라면서
용돈 주는 것을 핑계로
알바시키는 우리아빠

구운 카페사장님

고2 김지후

사장님의 알쏭달쏭한 말씀

인사와 주문

알쏭한 말씀

네비게이션같이

안내하시는

카페사장님

실제의 모습은

어떤 모습일까

알쏭달쏭 사장님

물

고1 김가온

목이 마르다

물 마시고 싶다

선생님께서

물 못 마시게 한다

쉬는 시간까지

기다린다

기다림의 끝에는

물이 있다

여름

고2 한효림

부드러운 햇살 아래 끈 달린 그늘막 사이
청춘의 시원한 바람이 폣속으로 스며든다

뜨거운 여름하늘 아래
버드나무 사이로 헤집어지는 잔잔한 나의 목소리

자신의 꿈을 향해 달려가는 이의 뒷모습은
얼마나 아름다운가

오늘도, 내일도, 너의 손을 잡고 달린다

아침

고2 이주호

따스한 햇살

딱 맞는 따스함

부엌에선 어머니의 맛있는 요리 냄새

창밖엔 부지런한 아이들이 뛰노는 소리

아~ 오늘이 시작되는구나

시

고3 공민혁

국어 시간

국어 선생님께서 시를 쓰라고 하신다

졸리다 힘들다 프랑프랑 아프가니스탄…

생각하는 단어들을 나열한다

친구가 수염 난 내 얼굴 노숙자 같다고 놀린다

시를 쓰다가

버럭 했다

시가 뭐길래

내 집

고3 김성철

대전역 남자 화장실

세면대 위

나의 명의는 아니지만

그곳이

내 집

수많은 사람이

오고 가는 그곳은

내 집

학교

고3 김상현

오늘도 학교를 가야 한다
정말 가기 싫은 학교
학교만 가면 몸이 아픈 것 같다

학교는 재밌는 날,
재미없는 날이 있다
학교는 가기 싫다

삶

고2 한효림

잡히지 않는 무한한 바닷가 너울만……

손가락 사이로 새어 나오는 한 줌의 모래는

야속한 마음을 우려낸다

겁쟁이는 행복마저 두려워한다

솜방망이여도 살갗이 아려오는 나약한 인간

행복에 안주하지 않고 불행 속에 잠드는 것을 택하는

뼛속으로 질러 버린 무능함이 밀려오는 삶

히어로

고2 이주호

속은 텅 비어 자존심으로만 가득 차 있던 나는
너의 곁에서 처음으로 주인공이 된 것 같았다

나보다 나를 더 믿어주던 네가
이 영화의 끝에도 같이 있으면 좋겠다

꽃이 정말 이쁘게 폈다

신기루

고2 이은체

끝없이 달려간다
행복이라는 이름의
신기루에 이끌려

달리고 또 달려 봤자 잡히지 않는
행복의 허상에 사로잡혀서
아무것도 보지 않고
그저 달려가기만 한다

내 손 안에 있는 것에는
눈길 한 번 주지 않고
내 곁에 있는 것에는
신경 한 번 쓰지 않고

그저 달려간다
생명의 불씨가 꺼져
결국에 재가 될 때까지

내적친밀감

고2 이주호

이렇게 찰나의 순간이라도 혼자이면 외로운 길

저 하늘의 달은 그 긴 시간을 어찌 버티고 있나

오늘같이 외로운 날에는 한결같은 달이지만 유난히 더 외로워 보이거늘

내 저 달 옆에 앉아 서로의 외로움을 감싸고 싶지만

저 달은 원초 혼자였으니, 내가 벗의 달콤함을 가르쳐 저 달을 더 초라하게 하고 싶지 않아

이 씁쓸한 외로움을 나 홀로 삼키리라

어른

고2 이주호

외로울 때 울지 않는 것

하고 싶은 말을 하지 않는 것

힘들어도 얼굴에 미소를 그리는 것

더 어려운 일을 해내야만 하는 것

거센 바람이 불어도 넘어지지 않는 것

비난받아도 자리를 지키는 것

그런 것이 어른이라면 나는…

무제

고2 이주호

그 세계에는 네가 있다

그 도시에는 네가 있다

그 버스에는 네가 있다

그렇기에 나는

그 세계를 떠올린다

그 도시를 떠올린다

그 버스를 떠올린다

하염없이 너를 떠올린다

다정한, 다정했던 너는

나의 기억 속에서 눈물로 여울져

나를 바라본다

나는 아주 작게, 잠든 아기의 숨소리처럼 작게

속삭인다

사랑했다고, 사랑한다고, 사랑할 거라고

속삭인다 속삭인다

빨간색

고2 이주호

열정 넘치는 붉은색

잘 익은 사과의 색

넘어져 난 무릎의 상처에서 수줍게 흐르는 피의 색

설레는 연인들의 발개진 볼의 색

아름답게 저무는 석양의 색

밤새 떠드느라 잠 못 잔 친구들 눈의 색

예쁘게 단풍 진 나무의 색

모두가 알고 있지만 전부 다르게 정의하는

그렇기에 더 다채롭고, 더 아름다운

너라는 색

그저 봄

고2 이주호

유난히 춥던 그 겨울 뒤에 그저

묻지 않고, 만지지 않고 조용히 그저

나는 너를

너도 나를

봄

봄

고2 이주호

하얀 봄은 무척 이뻤었다
붉은 봄은 적당히 따뜻하다
푸른 봄은 조금 아플 것 같다 그만큼

너의 푸른 봄이 조금 더 찬란하게 푸르면
너의 붉은 봄이 더 열정적으로 붉으면
너의 하얀 봄이 훨씬 더 밝게 빛났었다면

나의 봄은 아름답게 아플 것이다

연인

고2 박수현

우리는 뭔 사이일까

우리는 뭔 관계일까

나는 연인 관계를

너는 친구 관계를

우리는 항상 생각한다

우리는 항상 바라본다

너와 나는 뭔가를 하고 싶은 걸까?

되돌아 가는 길

고1 김대현

세상 모든 직업에 귀천은 없다

하지만 사람들에게는 귀천이 있다

당신은?

고귀한 사람인가?

자신을 믿고 있는가?

정말 자신을 당당한 사람이라고 생각하는가?

태어날 때부터 귀천이 결정되는 사람은 없다

우리 모두 천한 사람은 되지 말자

모순

고1 김대현

22시간 공부,

배가 너무나 고통스러워한다

하지만 입맛이 없다

먹지 않으면 고통스러워진다

음식이 입에 들어오려 하지 않는다

배가 아프다

고백

고1 이동민

나는

너를 좋아한다

너는 그냥 좋다

왜냐고 묻는다면

너라서 좋다

낙엽

고3 김소은

낙엽이 생겼다

가을이 왔나 보다

낙엽이 떨어진다

가을이 가나 보다

낙엽이 사라졌다

가을이 갔나 보다

심지

고1 김대현

심지가 꺼져 있는 밤
그 숲속에는 많은
동물들이 살고 있었다

심지에 불이 붙는 순간

모든 나무와 식물을
불태워 버렸다

동물들이 사방으로 흩어졌다

길의 생성

나는 어디든지
갈 수 있다

나는 나의 이야기가 담겨 있는 심지를

태운다

삶의 원동력이 되는

그 심지를

불태운다

엄마랑

고1 이도연

강원도 바다에서

이쁜 바다와 이쁜 바람을

보았다

맛있는 조개도 먹고

맛있는 수다를

나눈다

엄마랑

눈

고2 강여경

사과 버스 물 필통

빨간색 노랑색 초록색 검정색

여자아이 선생님 할아버지 엄마

소방서 음식집 학교 마트

[ ]이 있으면 보이는 것들

겁이 많은 사람은 두렵게 느껴지고

웃음이 많은 사람은 웃음이 나고

같은 것을 보아도 누구냐에 따라 다른 것이 된다

상황에 따라 같게도 느끼고 다르게도 느끼게 만드는 [ ] 이것

운동

고2 이효선

해야 되지만 하기 싫은 것

하면 좋지만 하면 힘든 것

내 삶의 일부

기다림

고2 이은체

너가 언제 올까
그때 그곳에 서서
이 벚꽃이 지는 날이면
네가 내게 찾아올까?

나의 첫사랑처럼
살랑거리며 내게 내려올까?

이 장대비가 그치면
네가 내게 찾아올까?

힘차게 내리는 빗방울이
내 슬픔을 다 지워 줄까?

이 낙엽이 다 지면
네가 내게 찾아올까?

울긋불긋 물든 나뭇잎처럼
내 머릿속은 너로 가득한데

새싹이 피는 봄이 찾아오면
그때는 네가 내게 올까?

내가 할 수 있는 건
하염없이 기다리는 것뿐인데

나는 항상 이곳에 서 있었는데
언제까지고 기다릴 건데
너는 아직도
내게 올 생각이 없구나

그래도 나는 기다릴 거야
언젠가 네가 내게 올 때

활짝 웃으며 내게 오는 순간을
나는 언제까지고 기다릴 거니까

몇 번의 계절이 지나도

며칠의 시간이 흘러도

나는 언제까지고 너를 기다릴 거야

언제까지나

너를 그리다

나의 바다

고2 박현진

나는 오늘도 잠긴다

나의 바다에

나의 바다에 잠겨

헤어(hair) 나오지 못한다

오늘도 흐르는 나의 눈물이

나의 슬픔들이 모이고 모여

나의 바다가 된다

소리

고2 강여경

바스락 낙엽 소리

휘잉 바람 소리

뿌웅 방구 소리

보이지 않아도

냄새가 없어도

소리만으로 우리는 떠올릴 수 있고 알 수 있다

소리는 우리를 그 상황으로 보내 주는 것

바스락 구수한 은행열매 냄새, 빨갛고 노란 나무들

휘잉 시원한 날씨, 따듯한 햇빛

뿌웅 기분 나쁜 냄새, 부끄러워하는 사람

가장 잘한

고2 홍서윤

당신은 내가 선택한 것들 중에

가장 잘 선택한 후회입니다

킁킁

고2 강여경

킁킁 오늘 저녁은 된장찌개?

킁킁 나에게 뽀뽀하는 이 사람은 아빠?

킁킁 따뜻하고도 달달한 이건 유자차?

후각은 냄새뿐만 아니라 기억을 그리고 추억을 함께 맡아 준다

창밖으로 해가 지는 지금 부엌에서 들리는 달그락 소리와 함께 나는 할머니의 된장찌개

잠자려고 눈을 감았는데 끼익하는 소리와 함께 내 방에 몰래 들어오는 우리 집의 뽀뽀 요정님

콜록 콜록 감기가 걸린 나에게 친구가 준 노오랗고 따스한 유자차이기도 하지만 친구의 사랑

가을

고2 서유리

단풍 선선함

무엇이 떠오를까

낙엽이 춤추는 계절

겨울을 준비하는 계절

그냥 그렇게

평온하게

가을 하늘

고2 박수현

선선한 바람 같은 내 친구 하늘

따뜻한 공기 같은 내 친구 하늘

나에게 선선한 바람과 따스한 공기

공기가 되어 주는 내 친구 하늘

약속 그리고 관계

중2 김윤후

왜 약속을 어겼다면 혼나는 걸까?

약속 하나 어긴 것으로 혼내는 이유가 무엇이지?
단 한 명이 약속을 어긴 것을 넘어가면
모두에게 피해가 가는 것도 아닌 것 같은데…

약속 그리고 인간관계

약속은 서로의 마음에 있는 선이고
그 선을 넘어가는 것은
서로와 모두를 존중하지 않는 것이기에

약속을 지키면
상대방과 좋은 친구가 될 기회를 얻을 수 있다

약속을 지킬수록 본인에게 좋은 영향이 간다

그래서 약속이 있다

그래서 그 약속을 지키는 것이다

다행한 일

고2 이효선

다행이라 생각합니다

이 세상에 태어나서

살아갈 수 있어서

다행이라 생각합니다

지금 이 순간이 와서

당신을 볼 수 있기에

안개

고2 이효선

눈앞이 흐려진다

내 앞에 넌 있을까

보이지 않기에

손을 휘둘러 본다

아이

고2 이효선

순수해서 귀여운 아이

어른이 되지 않았으면

대학

고2 이효선

이제 곧이구나

준비할 건 산더미고

해야 할 것도 많지만

벌써 코 앞이다

그래도 해내야지

하늘

고2 이효선

하얀 구름 사이

푸르른 하늘

더 높이 올라가 보는데

다시 만나

고2 이효선

만남이 있으면

이별도 있지

잠깐 헤어져도

괜찮아

더 나은 모습으로

다시

만나자

바람

고2 이효선

솔솔 부는 바람 따라
설렁설렁 걷다 보니
벌써 다 왔네

돌아갈 때는
바람이 데려다
주려나

여름

고2 한효림

손가락 사이로 헤집고 들어오는 햇살의 눈짓은

여름날의 우리사이를 간지럽히기에 충분했다

찬란한 태양빛에 잠긴 너의 미소는

옥죄는 죄악의 내음을 씻어 내기에 충분했나 보다

깊어지는 여름

너의 어깨에 기대고 싶다

친구

고1 김준혁

좋다

힘이 된다

사람들에게도

힘을 준다

좋다

그래서

너는

친구다

바람

고3 김상헌

바람이 분다

춥지도 않고 덥지도 않은

적당한 바람

앞으로는 추운 바람도 올 것이다

추운바람 맞이를 해야 한다

가을햇살

고3 박세은

은은한 햇살이 나를 비춘다

바람은 시원하고

햇살은 따뜻하다

겨울이 오려나

슬슬

옆구리는 시렵다

가득함

고2 강여경

졸리다, 아프다, 불편하다, 기대된다
여러 생각으로 가득하다

힘들까? 괜찮을까? 저건 무얼까?
궁금함으로 가득하다

이러한 것들이 쌓이고 쌓여
언젠가 터져 주겠지

오늘도 나의 생각으로
가득하다

오늘 하루

고2 서유리

화창하면서 서늘한

한 사람은 바쁘게 일을 하고

어떤 한 사람은 여유를 즐기고

또 다른 사람은 담소를 나눈다

모두 다양하게 달려가는

오늘,

단 하루

그곳

고2 이효선

손발이 꽝꽝 얼었다

주변엔 불빛 하나 보이지 않는다

얼마나 남았을까

거리조차 가늠되지 않는다

언젠가 이 눈폭풍이 그치고

따스한 햇살이 내리쬐는

그곳에서

다음을 기약하자

해

고3 김상준

우중충한

나의 마음을

아는지

모르는지

너는 그저

밝기만 하다

별자리

고3 김상준

빛나는 별들을

하나씩 이어 가다 보면

너에게로 향하지 않을까

그 마음으로

한 걸음 한 걸음

나아간다

너

고3 김상준

나는 너이고

너는 나이다

살아 보지 못한 너의 시간을

살아

너에게 한 걸음

더

가까워지고 싶다

어린 어른

고3 김상준

난 많은 걸 배웠고, 보았고
어른이 된 줄만 알았던

내 맘 한 켠엔 걱정과 근심이 가득하다

멈출 수 없는 시간은 시간대로 흘렀고
어른이 되었다

나는 아직 준비가 안 되었는데

반원

고1 김대현

첫 번째 의무를 다한 뒤

나만의 창작활동이 시작된다

매일 조금씩은 다른 걸음으로

세상을 걷는다

상처를 메꿀 수 있는

오로지 나만을 위한 시간

반복되다 결국 꺾인다 해도

상처를 입는다 해도

나를 의지하는 또 다른 내가 있다

이것 또한 나에겐 하루 중에서의

두 번째 의무

나 오늘도 세상을 걷기 전에

첫 번째 의무를 다한다

이효쉰

고2 서유리

1년 지기 내 친구

10년은 된 것 같은 사이

내 기를 빨아 가는

내 친구

운동과 연애하는 우리 효선이

나는 널 응원해

연기

고2 강여경

오늘은 가수, 오늘은 선생님, 오늘은 회사원
내일은 어떤 모습으로 변할까?

가수가 되어 사람을 괴롭혀도
회사원이 되어 사장과 사귀어도
선생님이 되어 학교에 마음대로 나가지 않아도
나는 괜찮아 나는 괜찮아

나는 오늘도 연기하는 배우

우리를 그리다

비교

고2 서유리

우리는 인종 성격 외모 가치관이 모두
달라

그것을 인정하지 못하고
"넌 왜 그러니? 쟤는 잘하는데"
비교,
비교
비교하지
비교 말고
다름을
인정해 본다

감정

고2 박수현

나는 너를 좋아하고
너는 나를 안 좋아하고

너랑 나는 먼 친구
나랑 너는 가까운 친구?

다도

고2 이은체

조용히 지금, 이 시간을 즐기는 것

차를 내리고 홀짝거리며

지금 이 시간에 머물러 있는 것

영화이야기

고3 공민혁

내가 본 영화

'주유소 습격사건'

영화 속 맘에 들지 않는 인물을

바꾸고 싶었다

제식훈련으로 그 사람

바꿀 수 있을까?

우리집

중3 김태희

우리집은 동물농장이다
강아지 같은 엄마
고양이 같은 동생
거북이 같은 오빠

상냥한 강아지 같은 엄마는
하루 종일 나를 기다린다

사나운 고양이 같은 동생은
매일 전화만 한다

느린 거북이 같은 오빠는
무엇이든 천천히 한다

다들 무언가 하는데
나는 뭐하고
있는지 모르겠다

장독대

고3 김상준

시골 어느 저녁 날
할머니의 정성이 담긴

장독을
열어 보았다

장에 비친 하얗게 밝은 달과
그날 밤의 풍경이

담겨 있었다

할머니의 사랑과 함께

에그타르트

고1 박서영

방금 꺼낸 따끈따끈한 에그타르트 하나
반 가르니 뜨거운 김과 함께

내 안의 걱정과 우울도 빠져나온다

뜨거운 타르트 한입 베어 물면
내 안에는 기대와 행복만 가득 찬다

봄

교사 김재운

어제보다 따뜻한

내일보다 추운

어제보다 설레는

내일보다 그리운

봄은

온다

늘

Cast Away

교사 손채환

던져진 마음
숨을 불어넣어야지
많지도 적지도 않게

몰아치는 파도
내일도 기다려야지
어느 날은 날개를
가져다 줄 수 있게

행복을 그리다

그날

교사 조선영

다양한 우리들이 하나의 마음으로
같은 길을 걷던 그날을 기억해요
서로를 인정하며 우리들의 삶을 사랑하며
꿈을 꾸며
꿈을 향해 나아갈 수 있는 그곳을 기억해요

그렇게 우리는
쉬면서 함께 배우고 서로를 지지하며
소중한 우리를 위해 소중한 나를 위해
꿈꾸며 나아갈 수 있어요

아름다운 그날을 기다려요
싹이 트고 꽃이 피는 그날을 기다려요
더 큰 세상 속에서 소중한
우리들의 꿈을 틔우는 그날을 기다려요

작은 씨앗 하나 땅속에서 싹을 틔우던

그날이 있었다는 것을 알고 있기에

꿈을 품고 서로 존중하며 우리들의 삶을 사랑하며

그날을 기다려요

내가 행복할 때

고2 강여경

편안할 때, 귀찮은 일을 하지 않아도 될 때, 아프지 않을 때, 좋아하는 일을 할 때, 싫어하는 사람과 같이 있지 않고 눈에 보이지 않을 때, 바라는 일이 이뤄졌을 때, 피곤하지 않을 때, 아프지 않을 때, 집에 있을 때, 휴식을 취할 때, 내가 바라지 않던 일이 실행되지 않았을 때, 귀찮은 존재들이 사라질 때

작은 행복

고3 신재서

사람들은 거대한 행복만을

원한다

사소한 즐거움에는 행복이란 단어조차

붙여 주지 않는다

행복

고2 이주호

네가 무심코 던진 새카만 돌에 맞을 때
너의 투명한 눈동자가 나를 향할 때
너의 밝은 미소가 나를 비출 때

내가 던진 새하얀 돌이 너를 빗나갈 때
나의 탁한 눈동자로 너를 볼 수 있을 때
나의 어두운 표정이 너에게 닿지 않을 때

그 때

고2 서유리

침대에 누워 있을 때

친구들과 함께 있을 때

가족이랑 시간을 보낼 때

뿌듯하고 감사한 마음이 들 때

밥 먹을 때

잘 때

용돈 받을 때

퐁퐁이가 나를 반겨 줄 때

내가

행복할

그 때

내가 느끼는

고2 박수현

하루를 함께 해 줄 가족이 있을 때

미래를 이야기할 수 있는 친구가 있을 때

나는 느낀다

행복을

친구와 함께 여행 갈 때

가족과 함께 이야기할 때

나는 느낀다

행복을

행복

고1 이동민

알바비 받는 날엔

그렇다

많아지니까

돈이

그대

고2 박수현

나에게 먼저 다가와 준 그대
나를 좋아해 주던 그대
나에게 행복이 무엇인지 알려 준 그대

그대가 다가와 준 그 시간이
그대가 좋아해 주던 그 시간이
그대가 행복함을 알려 주던 그 시간이

나는 참 그립고 감사합니다

감사

고2 이은체

항상 옆에 있어 주는 것
당연하게 존재한다 생각했고
없어질 거란 가정도 해 보지 못하는 것

당연하다 생각해
감사하다는 생각조차 못 해 봤던 것
그저 변명이겠지

서툴게 할 말들을 정리해
한 자 한 자 정성스럽게
그렇게 내 마음을 표시해

구슬

고3 신재서

구슬은 구른다

구슬은 한번 구르기 시작하면 멈출 줄 모른다

자기가 어디로 향하는지조차 모른 체 구른다

구슬은 마치 자기가 다 안다는 듯이 계속 구른다

고맙다

고3 신재서

내게 위로해 줘서 고맙고

같이 웃어 줘서 고맙고

곁에 남아 줘서 고맙다

족구

고2 이효선

네 덕분에

많은 것을

얻었다

인연도

건강도

행복도

미래도

많은 것도

그곳

고3 박소은

그곳에 가면

예쁜 보건쌤께서

반겨 주신다

나를

마음의 안정이 찾아오는 그곳

아~

빨리 가고 싶은 그곳

아프지 않아도

아프고 싶다

그곳에 가고 싶어서

행복

교사 김재운

하늘 위의 구름이 움직이는 것
하늘에 뜨고 지는 해를 보는 것
민들레 씨앗이 바람에 휘날려 땅에 떨어지는 것
나무에 푸른 잎이 돋아나는 것

이 모두가 행복이다
행복은 평범하면서 조용하다

행복은 찾는 것이 아니라
발견하는 것이다

주어진 것에 감사하고
있는 것에 감사하는 것
이것이 바로 행복이다

은방울 꽃

교사 조선영

꽃말이 뭔지 아니?

꼭 기억해

틀림없이 행복해질 거래

기다림

교사 김재운

보이지 않는다고 해서
없는 것이 아니다

기다려야만
볼 수 있는 것이 있다

구름 뒤에 태양이 있듯
밤이 흐른 뒤 아침이 오듯
기다림 뒤에 너를 만나듯